KB062124

나무들도 배고파 꽃을 피운다

시작시인선 0480 나무들도 배고파 꽃을 피운다

1판 1쇄 펴낸날 2023년 7월 28일
지은이 천현숙
펴낸이 이재무
기획위원 김춘식, 유성호, 이형권, 임지연, 홍용희
책임편집 박예솔
편집디자인 민성돈, 김지웅, 정영아
펴낸곳 (주)천년의시작
등록번호 제301-2012-033호
등록일자 2006년 1월 10일
주소 (03132) 서울시 종로구 삼일대로32길 36 운현신화타워 502호
전화 02-723-8668
팩스 02-723-8630
블로그 blog.naver.com/poemsijak
이메일 poemsijak@hanmail.net

ⓒ천현숙, 2023, printed in Seoul, Korea

ISBN 978-89-6021-724-9 04810
       978-89-6021-069-1 04810(세트)

값 11,000원

*본 도서는 2023년 충남문화관광재단 후원으로 발간되었습니다.

나무들도 배고파 꽃을 피운다

천현숙

천년의
시 작

시인의 말

울렁거리는 심장

아무렇지 않은 듯 얼굴은 붉어지고

시끄러운 듯 고요한
시에게 전화를 걸어 보지만
쉼 없이 떠오르는 언어들은 길을 잃는다

하늘이 쏟아질 듯하다

위태로운 듯 낯선 도시

언어의 비명이
그리운 밤이다

차 례

시인의 말

제1부 사람아 사람아

제2부 향은 향이어서

제3부 페로의 바람은 고래처럼 운다

제1부 사람아 사람아

꽃이 슬픔이 되는 순간

꽃이 춘궁기를 부른다

팝콘 닮은 달콤한 벚꽃
아이스크림이 핀 목련 나무

보이는 모든 것이 밥인 사람들이 봄을 앓는다

폐기되는 음식은 수만 톤인데
한 끼도 먹지 못하는 사람은 수만 명

나물밥인가 쑥버무리인가 봄눈인가
이팝나무를 오르는 사람들 손끝에 새순이 돋는 듯

봄꽃이 허기를 부른다

아직, 늦지 않았는지

선득한 어둠이 스민다

찻길에 선 사내의 두 발 위로 차 한 대 달려오고
컹 짖는 사내의 소리에 놀라 달아나는 차

낯설지 않은 소리 사내는 전생을 생각한다

꼬리를 흔들어 밥을 먹던 시절
날카로운 송곳니를 세운 날이면 무겁게 채워졌던 돈 가방
네 발로 살았던 날들

집에 가야 한다

짙은 담배 연기, 사라지는 손목, 지워진 이름이 사는 곳

가야 한다 아직 지워지지 않은 이름을 찾아

가로등이 흔들린다

극지

한 끼의 밥은 매 순간 강한 힘을 지닌다

사람을 비겁하게도 하고
벌레 한 마리 못 잡던 손으로 닭의 목을 비튼다
하루에도 몇 개의 돼지머리를 해체한다

하루를 살아 내는 게 문제다
도시에서 살기 위해서는
돼지 저금통을 훔치기도 한다

몇억 대의 승용차가 거리를 누비고
몇백억의 건물이 하루가 멀다 들어서고
밤사이 세상으로 가는 계단은 더 높아진다

겨울이 지나고
새순이 하나둘 피어나는 새벽길을
폐지 실은 손수레가 간다

벚꽃 잎이 하늘하늘 내리는
할머니 머리 위가 곱다

2022 모던 타임즈

접속어를 검색하는데 컨베이어 벨트가 팝업창에 떴다
사람과 사람, 공정과 공정을 연결하는
스위치를 누르는 순간 쉴 줄 모르고 달리는
현대사회에 적합한 문명의 사생아

멈출 줄 모르고 달리는, 무모하거나 무작정인 열정
밤새워 일하고도 발을 툭툭 구르는
젊은이들의 옷을 잡아당겨 물귀신처럼 삼키는
보령에서 평택에서 서울에서
끝없이 상행하며 벨트 위에 선홍빛 문신을 그리는

그러나, 하지만, 그리고, 그런데

컨베이어 벨트에서 시뻘건 피 냄새가 난다

돌의 진화

심장에 돌이 사는 것 같다는 그녀가
자주 내 꿈속에서 운다

마음 길이 보이지 않는다는 그녀
아이들에게 하지 말아야 할 말을 하고
남편에게 외계어를 쓰기도 한다는 그녀

그녀가 보내는 전파가 자주 끊긴다

몇 번 비 오고 풀빛이 짙어질 무렵
세 아이를 품은 큰 돌을 만났다

하루하루 견디고 있어요

모래를 씹은 듯 입 안이 까끌거린다

세 모자 머리 위로 소나기 지나간다

부스럭거린다는 것은

소리를 내는 것들은 아름답다

달그락거리는 압력 밥솥 소리
아이들 깨우는 알람 소리
이불 속에서 꼼지락거리는 아이들 소리

아무 말 없이 초록 잎을 내려놓지 못하는
모과나무의 가을이 슬프다

한 개의 열매도 맺지 못하고 그늘에서
우두커니 서 있는 모과나무

계절을 다 떨구고 선 베롱나무의 알몸이
단단하고 매끈한 몸이 부드럽다

마늘 빻는 소리를 들으면
보글보글 끓는 된장찌개 소리가 떠오르고
군침 넘어가는 소리가 들린다

살아 있는 것은 소리를 낸다

>

소리가 떠난 이태원의 밤은 깊다

사람아, 사람아

1933년 다하우역
기차가 소 떼를 게워 낸다

등짝에 유대인 도장이 찍힌 소들이
도살장 안으로 들어간다

눈물이었을까 바닥이 흥건하다

목숨이 지워지는 고요한 비명

어둠 속에서 화구가 붉다
굴뚝은 연신 잿빛 기침을 토해 내고
하늘에 사는 것들은 작정한 듯 침묵한다

욕망이 뒤틀린 땅, 다하우 수용소*

산 자들이 만든 지옥, 산 자들의 불꽃놀이가 그치지 않는다

죄 없는 미루나무들이 90년 동안 엎드리지 못한 채 문상 중이다

* 다하우 수용소: 1933년 나치에 의해 세워진 최초의 강제수용소.

노인 가장

벽에 걸린 전자시계에 맞춰 하루를 시작하는 일은
그의 오랜 의식이다

계단을 오를 때마다 무릎은 장단 맞추듯 달그락거리고
곰팡내 나는 창고는 자주 잔기침을 한다

오십을 넘긴 아들 수염은 지루한 듯 길고
울화는 빨간 선짓국 속에서 끓는다

아들이 초록 사과를 먹는다

49공탄은 그의 생애 가질 수 없는 꿈

빨간 신호등 앞에 그가 서 있다

도시에 사는 물고기

아이가 또 비늘을 팔뚝에 그린다

바다에 닿고 싶은 아이

세상은 자주 얼굴을 바꾸고
아이는 더 진한 비늘을 팔뚝에 그린다

윗집 아줌마 같은 엄마
아랫집 아저씨 닮은 아빠
단단한 감옥이 되어 버린 교실

붉은 비늘이 뚝뚝 떨어진다

아이는 동해로 가는 물길을 찾는다

히키코모리*

학원에서 돌아온 아이들이 잠자는 밤을 깨운다

컴퓨터 화면 속에서
전쟁터 군인처럼 총을 쏘고 약탈하는 아이들은
어제의 어른들에게 질문을 던진다

산과 들을 밀어낸 자리에 공장을 짓고
골목과 골목을 부수고 아파트를 쌓는 어른들

시집 대신에 문제집을 사 주고
놀이터 대신 학원을 보내며
스트레스 풀라고 핸드폰을 선물한 어른들

라면과 카페인으로 배를 채우고
새벽 기차 소리 들으며 잠자는 아이들이
오늘의 어른들에게 묻는다

옆방 부엉이는 잘 있는지

* 히키코모리: 정신적인 문제나 사회생활에 대한 스트레스 따위로 인
하여 사회적인 교류나 활동을 거부한 채 집 안에 있는 사람.

티티

에디오피아에서 커피 향을 품고 온 티티
말할 때마다 구름 냄새가 난다

닭 두 마리 팔아도 웃고 한 마리 팔지 못해도 웃는 티티
겨드랑이에 날개가 있는지 움직일 때마다 깃털 소리가 난다

티티 부부가 사는 연립은 지구 마을
부겐빌레아, 재스민, 칼라디움이 피는

들리지 않는 말들 혀에서 겉도는 맛에
손가락 하나 눈물 한 바가지 허공에 묻기도 했던
길들이고 길들여졌던 시간

찌르레기 노랫소리 베란다에 내려앉으면
예가체프 향 골목을 나선다

마파람 타고 계절 노동자 온다

밥통 터지는 소리

만장이 펄럭이는 골목

임대 문의, 월세 가능, 급매
사람들을 절벽으로 밀어내는 말들

30년 간 떡을 만들어 내던 기계는
고물상 전 씨 트럭에 실려 가고
어둑한 골목으로 사라진 김 씨 부부

숯불 위에서 익어 가던 꿈은
장례식장의 향불과 함께 사그라들고

은행잎이 수북이 쌓인 상가 입구 앞에서
비밀번호를 잃어버린 참새들이 서성인다

골목 그림자가 깊다

노숙의 냄새가 밤처럼 깊다

어둠이 저녁을 삼키면
갈비뼈 속에 잠자던 두려움이 스멀거린다

막차가 끊어진 시간에 골판지로 벽을 세우고 몸을 누인다

오랜 노숙의 냄새로 집을 짓는 일이란
강소주로 얼굴을 가리는 일이다

눈빛을 공원 거미집에 걸어 두고
까치집을 기웃거린다

침묵이 도시에 깊게 스미면
세상에 없는 주소록을 몸에 적는다

매일 새로운 주소가 도시에 생긴다

오늘도 안녕

꽃무늬 티셔츠 배회하고 있음
빨간 점퍼가 보이지 않음

하루에도 몇 번 울어 대는 안전 안내 문자

바다가 단원고 학생들을 삼킬 때,
골목에서 청춘이 죽어 갈 때
안내하는 어른은 없었다

가뭄이 시작되면 어른 코끼리는 멈춰 서서 신의 소리를 듣는다
바람 냄새 나는 쪽으로 코를 길게 빼고
빗소리 찾아 귓불을 세운다

파란 뿔테 안경, 검정 신발은 휴지통에 버려진 것은 아닌지
오래된 안전 안내 문자를 다시 읽는다

흰색 원피스를 입은 29세 여성은 집으로 돌아왔을까

제2부 향은 향이어서

모과의 진화

과일전 망신 다 시킨다고
고구마에 끼워 팔면서
"기침에는 무엇보다 모과차지."
소리 없는 웃음을 깨무는 사내
나도 과일이라고 가난한 변명 꺼내 보지만
사과 배와 한 접시에 오를 수 없으니,

강남 성형외과에 가볼까
몇천 수술비에 마음 돌리고
햇살 마사지나 하자고 고개 돌리는데
향기가 앞서 번진다

썩어 갈수록 깊어지는 마음
모과는 향기다

질경이

다시 시작이란 말은 희망이다

죽은 줄 알았던 질경이가 초록이다

납작 엎드려 밟혀도 살아남는다

돌 구르는 소리를 들으며 더 진하게 자란다

하루는 견디다의 다른 말이다

그늘 속에서도 빛 한 줄기만 있으면 푸른 것들은 핀다

천천히, 느리게, 봄이라는 희망이 땅 위를 걷는다

향은 향이어서

아까시나무 향 찾아 길을 나선다

어린이가 없는 놀이터 의자에 앉아 있는 송화
도시 숲에서 빵 부스러기를 먹는 참새

엉켜 버린 길, 아까시나무는 어디에 있는지

카페를 지나, 담쟁이 따라 가고 또 간다

가까워졌다 멀어지고 멀어졌다 가까워지는 향
까치발 하기도 하고 전봇대에게 묻기도 한다

막다른 골목이다 발을 돌리려는 순간
바람을 타고 아까시 향이 온다 잎이 흔들리는 소리가 들린다

저 너머 월봉산에서 아까시가 나를 부른다

내일은 월봉산에 가야겠다

간장게장

간장의 또 다른 말은 비밀이다

비밀을 위해서는 스며야 한다
잠깐의 스침은 낯설다에서 한 걸음 나간 것
마음은 어둡고 캄캄하고 깊다

꽃게가 검은 간장 속에서 속살이 삭아 가듯
한 사람이 한 사람의 인연이 되려면 자신의 속살을 보여
주어야 한다

생채기에 딱지가 내려앉고 새살이 돋을 때까지
겨울은 봄이 되고 여름이 되고 단풍이 물들 것이다

간장의 또 다른 이름은 시작이다

풋것들이 간장 속에서 다시 살기 위해 스미고 있다

영인산 팥배나무

아산만 쪽을 바라보고 선 식당

가지마다 쌀밥 꽃 수북하다
그믐달 배부를 때까지
피고 또 피는 팥배나무

절뚝거리는 마음 흔들리는 목발에 기대고
전장에서 돌아오는 중이다

내 집에 온 손님 맨입으로 보내는 것 아니라고
양푼 수제비 대접하던 팥배나무 닮은 엄마

여름 한 철 장사 접고
그늘 한 채 지어 지친 발 쉬게 하다
서늘한 바람 부는 가을볕 아래
가지마다 매달린 붉은 열매

하늘을 건너오는 새들

영인산 팥배나무 식당에는 가을이 가득하다

기도를 짜다

채반에 꽃이 피었다

투병 중인 남편 곁에서 한 코 한 코 걷는 그녀

푸른 바늘 자국이 깊다는 말은 기우

불안이라는 그늘이 이마를 서늘히 덮쳐 올 때마다 수세
미를 뜬다

하루 가고 한 달이 흘러 수세미꽃 만만 송이 핀다

내일은
노오란 수세미꽃 사이로 오시는 이를 그녀는 만날는지

소리를 훔치다

목소리를 잃어버린 그는 소리를 훔치기로 했다

닭장에 들어가 수탉의 목을 훔쳐
엄마를 불렀다

장터를 돌며 과일 익는 소리, 전 부치는 소리를
목울대 깊숙이 넣었지만
아무도 알아듣지 못했다

귀를 지우고 입을 잠갔다

발가락 사이로 돌 구르는 소리를 읽고
고라니를 눈 속에 넣었다
다람쥐가 손가락 사이로 드나들었다

손끝 시린 아침
새들은 천상의 노래를 들었다

한낮의 꿈

바람은 아침저녁으로 으르렁거리고
하늘과 맞닿은 산봉우리는 점점 짙어 간다

봉곡사 요사채 마당가에
벌 떼가 모여 들고
머리 위로 해가 내려앉는다

벌들의 호들갑에
산국화는 노랗게 부풀어 오르고

산책하던 노스님
얼굴 붉히며 해우소로
발길을 돌린다

가을 아이

사과를 닮은 앞니 빠진 아이

가을 같은 할머니와 사는 아이

밤이면 할머니 젖무덤에 기대 별 이야기를 듣는 아이

아이는 알고 있을까

밤마다 들려준 할머니 이야기를 뒤란 사과나무도 듣는 다는 것을

작은 곰 아르카스 이야기를 듣고 또 듣던 밤

사과나무는 하얀 꽃을 피웠다는 것을

아이 눈에 별이 뜬다

절판된 길을 읽다*

공사 중이다
길과 길을 산과 마을을 원색으로 입히는 중이다

마르기 전에 걸어간 사람을 찾는다

신발 모양으로 보아서는 낭만적인 듯
보폭은 생각의 깊이를 재고 있다

첫차 시간은 아직 먼데
정류장에서 사라진 발자국

모습도 체취도 알 수 없는 흔적

하늘이 발자국을 지우는 중이다
춘설이다

* 박은영의 시 「보수동 골목」 중에서.

서리연의 시간

연꽃 진 자리에 각을 세운 시간들

분홍빛으로 여름을 달구었던 앙상한 시간

연뿌리 이야기를 묻는 청둥오리의 부리가
길어졌다 짧아졌다 한다

다시 봄이 올 때까지 침묵의 시간을 견디는 것은
모든 살아 있는 것들이 가는 길

겨울 배경이 되었던 철새들이 떠나고
버드나무 가지에 내려앉은 연둣빛 햇살

봄비를 깨우려 구름 속으로 들어가는 중이다

설명서가 필요 없는 삶

길을 찾다 닿은 섬에 당신이 있었지요
동화를 읽어 주는 할머니가 있었지요

젊었을 때는 뜨개질로 자식을 키우고

자식들을 분가시킨 후
아침에 거른 뽀얀 막걸리와 부추전으로
봄비가 되어 서로의 마음을 적시던

좀생이별을 읽다 밤을 꼴딱 새우고
다음 날 아침 차를 마시며 또 하루를 보내도 지루하지 않을
할머니가 그곳에 있었지요

지친 사람들의 반딧불이었던
안옥순 여사가 있었지요

설명서가 필요 없는 삶을 살아오신 분이,
여기에 있습니다

사람을 만지다

꿈에 찾아온 비
빗길을 걷는 것은 내 방식의 답장

비는 내렸다 그쳤다 하고
꼬리에 꼬리를 물며 이야기를 전한다

기다리는 일은 하루를 울렁이게 하고
가슴에 허공을 들이는 일이라고

다가올 듯 사라지고 다시 오는 것들 속에 사람도 있다
비는 그치고 하늘은 아무렇지 않은 듯 멀다

끌고 온 비도 없이 빈 몸으로 돌아온다
우편함에 나뭇잎 하나 젖은 편지처럼 누워 있다

제3부 페로의 바람은 고래처럼 운다

잡초 독본

고라니의 부고를 받은 새벽
이슬 자국이 마르지 않은 숲길을 헤치며
산속으로 들어간다

반백 년을 산 듯한 나무가 쓰러져 있다
몇몇은 천둥소리를 들었다고 했다
몇몇은 어린나무들의 비명을 들었다고 했다

동아줄 같은 뿌리 민낯을 드러낸 채 기척이 없고
질주를 끊어내지 못한 욕망이 기억 속에서 사라지고

돌아서다 문득 낮게 엎드린 잡초를 본다
무서리 내린 아침에 떠난 줄 알았던 것들
춘분 지나 새순을 올리는 중이다

큰 나무 곁에서 새로운 역사를 쓰고 있는 중이다
고라니들 어쩔 수 없이 밟고 지나갔을 것이다

페로*의 바람은 고래처럼 운다

비릿한 아픔에 젖는 페로제도

수십 척의 배가 그리는 원 속에 갇힌 고래들의 비명

고래들 뭍으로 밀려오고
카메라의 외침은 엔진 소리에 묻혀 허공으로 흩어진다

길을 잃은 고래들 칼날에 쓰러지고
바다는 붉은 선지피를 받아 삼킨다

천혜의 절경이 날카로운 절규가 된 페로의 일상

구름 떼가 몰려온다 붉은 풀꽃이 빗속에 젖는다

해산하면서 목이 잘린 어미 고래 옆에서
아기 고래 지느러미가 맑게 흔들린다

* 페로제도: 덴마크 자치령.

다이지*의 일상

검은 연기와 함께 깨어나는 다이지의 새벽

시간을 지켜 내려는 어선들 고함은
매일 들어도 낯설다

오래된 생활은 바다의 질서를 깨뜨린다
어선들의 거친 숨소리가 돌고래 떼 뭍으로 내몬다
촘촘한 어망에서 몸부림쳐 보지만
물속을 휘젓는 사냥꾼들의 칼날이 깊다

찢을 수 없는 것이 없다던
늙은 고래 이야기는 먼 이야기가 되었다

남획에 대한 벌로 목이 잘리는 어린 돌고래들 곁에서
부르르 떠는 소나무

붉은 피로 부음이 번지고
젖은 신발을 신은 번뜩이는 칼날

* 다이지: 일본 남부 어촌.

베이클랜드*는 죽었지만

백 년 동안 그는 모습을 바꾸며
세상 구석구석을 먹어 치웠다

처음 세상을 만난 순간에도
마지막 떠나는 찰나에도
제 것 아닌 목숨을 움켜쥐고 있다는데

땅속에 파묻고 얼음 속에 가두고
이별과 삭제에 대한 연구와 학설이 분분했지만

바다에 수장하고 돌아온 밤에는
태풍을 앞세워 창문을 흔들고

돌아오고, 돌아오고.

죽어도 썩지 않는 불멸의 종족을 만들기 위해
인간을 숙주로 삼는
살아 있는 무생물이 무한 증식 중이다

• 베이클랜드: 플라스틱을 발명한 벨기에 출신 미국의 화학자.

혼자 그리고 혼자

아이가 사진을 보여 준다

길가에 누운 새의 몸이 내 쪽을 향해 있다
머리와 다리가 사라진 몸통
날개 속에 숨겨진 공포가 뜨겁다

마지막까지 파닥였을 심장과 날개

낯익은 주먹질에 팔다리에 시퍼런 멍이 든 아이
혼자였던 아이

다시 사진을 본다

다리와 머리를 잃고
더 뜨겁게 뛰었을 심장

그리다, 아타카마[*]

물기가 빠진 바람이 죽음을 부른다

건조하다 또 다른 말은 비우다이다

시간이 흐른다는 것은 사막을 세우는 일

거칠게 부드럽게 젖은 것을 말리는 바람

사상과 감정이 삭제된 땅의 끝

욕망과 부패가 화석이 된 사막

뜨겁다와 차갑다를 통독하는 사이 몸과 땅의 경계가 무너지고

땅과 하늘은 긴 수행에 든다

지구의 끝에서 바람은 아타카마라는 부처를 건축 중이다

* 아타카마: 칠레의 북부에 있는 사막.

참고래

플라스틱이 참고래를 삼켰다

깊은 수심을 읽던,
파도의 결을 그리던
참고래가 플라스틱을 삼킨 채 쓰러졌다

해녀들의 숨비소리에 맞춰 바다 위를 날던 고래
플라스틱이라는 독초를 먹고
생의 마지막 숨을 토해 내고 있다

세기의 영웅이었던 플라스틱이
이제는 바다의 생사를 쥐고 있다

박제된 양심이 바다를 갉아 먹는 사이
또 다른 고래 입 주변에서 유영하는 빨대의 좌표가
비상 깜빡이를 켠다

풍문이 삼킨 고라니

북아메리카 밴쿠버섬이 초록으로 깊다
이끼와 바다 늑대가 주인인 섬

외길, 엇길, 내며 아침을 열던 봉서산 고라니가 사라졌다

해보다 먼저 숲을 깨우던 고라니

고라니를 찾는다는 광고를 내기도 전에
산밭의 무법자라며 막대를 휘두르는 사람들

고사리, 취나물, 두릅나물 뜯어 가면서도
고라니가 남기고 간 흔적을 보면 깃발을 드는 사람들

제피로스*를 불러 고라니 소식을 묻고 싶은 날이다

* 제피로스: 그리스 신화에 나오는 서풍의 신.

밤을 심은 가로등

가로등을 세우는 일은 밤의 습관

새들이 숲으로 가면 밤은 가로등을 심는다

일정한 보폭으로 살아가는 일은 또 다른 수행

붐비다와 텅 비다 사이에 뜨겁다를 넣는다

한 끼의 밥을 먹기 전에 퇴화된 하루살이 입이 바쁘다

죽다를 살다로 개명한 밤

하루살이를 하수구로 운구하는 비는 내리고

가로등은 밤새 문상 중이다

새들도 숲에서 내려온다

새벽을 기록하다

알람을 깨워 빛을 충전한다

밤을 밝히는 고양이처럼
봄빛을 입는 버드나무처럼
새벽을 읽는다

안개를 지우며 첫차를 타는 사람들
도시가 토해 낸 밤을 싣고 떠나는 청소차
그들이 흘린 이야기를 들으면
푸른 근육이 돋고 다시 하루를 견뎌 낼 듯하다

어둠을 깨워 살아 있다는 것을 하늘에 알린다

새벽을 걷는 이들의 함성으로 지구는 돈다

멈추는 사이

사흘을 쉬지 않고 쏟아 내는 뒤엉킨 문장들
흐르고 흘러서
땅을 적시고 신발을 적시고, 적시고

사람을 삼키는 하수구
자동차를 가두는 맨홀

도시는 표류 중이다

떠다니는 먼지처럼 무성한 소문에 젖은 사람들
하늘의 생각을 더듬어 보지만
빗줄기를 지우지 못한다

잠시 멈추고 맥문동을 본다
보랏빛 꽃대를 밀어 올린 맥문동
저 작은 꽃잎이 세상을 일으키는 중이다

비의 감정을 생각한다

부리가 긴 새

두루미 한 마리 낮게 난다

노숙하던 구름*이 하천을 적신다

하천가의 나뭇가지 흙빛으로 흐르고
머리채가 초록으로 젖는 능수버들

비를 맞으며 새벽 인력시장을 떠나는 구부정한 등짝
하천을 오르내리는 두루미의 날갯짓이 수상하다

불어나는 물살에 허기가 짙어지는 하천

걷힐 기미를 보이지 않는 구름

하루가 길 듯하다

* 송찬호의 「빈집」 중에서.

왜가리 목이 슬프다

장재천이 목마르다

돌을 깨는 소리에 나무들은 수시로 경련을 일으킨다
타지에서 온 듯한 덩치 큰 돌이 한자리를 차지하고
어디로 간 것인지 물고기는 보이지 않는다
점점 더 깊어지는 시름에 청둥오리 한 마리
둑 위에 날아올라 보기도 하고 뿌옇게 고인 물에 머리를
넣어 보지만
점점 몸집을 키워 가는 굴착기 그림자

유채꽃은 바람을 흔드는데 쑥 향은 점점 깊어지는데
안내판을 읽는 까치 날개가 수상하다

청둥오리 떼를 찾는 헛헛한 발걸음

새벽

어깨를 움츠린 그림자가 스멀거리는
도시의 골목을 나선다

겨울을 지나가기 위해서는 단단해야 해
반쯤 버려진 시간의 은거지에
싸락눈 흩뿌린다

술 취한 노랫소리의 비음이 불빛 쪽으로 흘러가고
새벽 배송을 위해 나서는 어깨에 내린
저것은 밤새 기다려 준 먼 별빛도 같은데

언제고 한 번은 돌아설 것만 같은 가로등 아래
길고양이의 눈빛은 저 혼자 환하고

아침이 와도 골목은 다만 골목이어서
혼자인 것들은 발밑을 조심해야 한다

제4부 여름비는 칼국수를 닮았다

쇠뜨기, 되찾은 행복

봄에 늘 보는 거라고
어릴 때 밭매며 많이 보았다고 말하지 마세요

식물도감에도 없을 것 같던
애기똥풀 옆에 있다 사라질 것 같던
쇠뜨기가 봄 이야기를 향기롭게 펼치고 있어요

"곡식이 아닌 것은 다 뽑아라"
숨죽이며 살아 내 장재천 둑에 우화를 쓰고 있어요

"살아가면서 한 번은 멋지게 필 날이 있다"
잠언처럼 건네시던 아버지 말씀
쇠뜨기가 받아 적고 있어요

연두색 비가 내릴 거예요

아버지

들일 마치고 돌아온 아버지 등목은 우리 몫이다

아버지 등에 찬물을 끼얹으며
문신이 된 지게 자국을 본다
붉다 못해 검붉은 아버지의 한나절, 하루
평생의 삶이 보인다

강릉, 서울, 수원, 천안에 자식을 보내고
꿈꾸듯 하늘로 가신 아버지

태봉산에 묻힌 아버지가
붉은 담쟁이가 벽을 오른다

짐을 등에 지고 한사코
가파른 벽을 오르는 아버지

지는 해는 왜 그리 뜨거운지

파인애플을 먹는 방법

파인애플을 잡는 저녁이다

날이 선 부엌칼을 쥔 아버지의 핏줄이 시퍼렇다

머리를 단칼에 쳐 낸다

향긋한 피 냄새, 저 달큰한 피라니

갑옷 속에 쟁여 둔 먼 기억을 벗긴다

나라 잃고 파인애플 농장에 팔려 간
수십 톤의 땀을 쏟던 시간
태양은 왜 그리 뜨겁던지, 따갑던지
젊음은 순식간에 늙기도 한다

자식들의 입 속으로 들어가는 아버지의 시간
향기로운 살점을 받아먹는 자식이라는 이름의 입

하나, 둘, 셋

여름비는 칼국수를 닮았다

비가 쏟아진다. 물이 끓는다. 여름비가 올라온다

엄마는 겉도는 가족들을 뭉치고 치대 숙성시킨다

칼날 아래 가지런히 놓이는 국수 가락

앉은 자리마다 뜨거운 칼국수 한 그릇

식구들 국수 가락에 빗소리 휘감기고

김이 채 식기도 전에 비우는 국수 그릇 곁에서

국수 국물보다 뜨거운 김을 나누는 식솔들

굽었던 다리를 길게 뻗는다

불안한 상속

비는 계속 내리고 빨래는 마르지 않는다

들에서 돌아온 부부의 등에서 시름이 올라온다

태풍이 불고 논둑이 무너지고
우기가 시작됐다

마루는 눅눅했다

아버지의 여름은 어두웠다
붉게 익은 고추는 장마를 이기지 못해 떨어지고

아버지의 아버지 어머니의 어머니는
자주 위궤양을 앓았다

버섯이 자라는 소리가 들린다

가뭄 끝에 찾아온 장마, 토사 소식이 들린다

저녁에 버섯찌개를 끓여야겠다

붉은 팥

팥을 꺼낸다

좀생이별이 되신 엄마의 시간을 씻는다

고추밭 가장자리에서 담장 밑에서
그럴듯한 자리 없어도 단단하게 영글은 마음

물 위에 떠오른 슬픔을 걷어 내고 추억을 삶는다

더 이상 맡을 수 없었던
엄마의 냄새가 집 안 구석구석에 스민다

거짓말

곡기를 끊은 마른 입

억지인 줄 알면서 미음 한 잎 담아 올린다

위를 잘라 내겠다는 그의 말 싹뚝 잘라 내고
집으로 데려와 적선하듯 미음이라니

구름은 흘러가고 감나무의 감은 주홍빛인데
몸 하나 제 뜻대로 못 하는 그

"아래 논 찹쌀 벼는 풍년인 것 같은데
내년 복날 삼계탕은 맛있을 것 같은데"

예당저수지 물빛은 여전히 푸른데

미음을 밀어내는 질긴 목숨

아버지를 사랑했다

봉서封書

엄마가 겨울바람에 실려 떠나고
우리는 문을 닫았다

돌문을 닫고
몇 겹의 흙으로 봉했다

아침마다 오는 편지 길이 끊겼다

명치끝이 막히는 밤에는
뒷모습만 설핏설핏 보였다

봉하지 말았어야 했을까?
활짝 문을 열어 두었어야 했을까?

천지가 연둣빛으로 물들 무렵
할미꽃 편지를 받았다

할미꽃 한 송이
엄마 머리맡에 피었다

걷는 사람

움직이는 것들은 길을 만든다

바람과 구름을 어깨에 걸치고
가다 서다 다시 걷는 사람들

아무 일 없다는 말은 거짓말

폭풍이 지나가고 폭염이 도시에 머무는 동안
골목은 녹슬고 삭고 지워진다

집을 나온 개도
안전화를 신은 사람도
헐겁게 지나다닐 수 있는 골목

지나가던 바람도 담장 위를 잠시 걷는다
낯선 길도 몇 번 오가면 만만해진다

남편이라는 골목을 길게 눕힌다

마른 풀내음이 졸립다

오서산
—친구에게

사람 없는 산으로 들어간다

저희들끼리 몸을 부비는 자갈돌을 밟으며 간다
아침 굵은 발을 앞세워 간다

제 먹이를 지키기 위해 하늘을 가린 산이 헐겁다

한 짐 팔아 논 한 마지기
두 짐 팔아 또 한 마지기

평지로 내려간다 예당평야로 내려간다
처자식과 넓은 세상으로 간다

땅이 넓어질수록 아버지 등은 붉었다
쇠뜨기 기억 속으로 눈물 쏟기도 했다

아버지가 오르던 산을 아들이 오른다
작대기 장단 맞춰 가며 산을 오른다

억새 춤추는 정상에서 예당평야를 본다

오서산에서 삽교까지 뻗은 아버지 길이 보인다

돌 밟는 소리가 가슴을 두드린다

제5부 점과 점 사이

봄에는

간밤 꿈을 곱씹다가
단톡방에 올라온 그림을 본다

날아갈 듯 내려앉은 '입춘대길'
겨울 산허리에 연두가 번지고
솟대에 앉은 새의 목덜미가 따스하겠다

가물가물 봄비가 내리면
언 땅은 입을 벌려
봄을 내밀겠지

삼키고 뱉고 삼키고 뱉어도
모습을 볼 수 없는 시를 쫓아 헤맸던 꿈처럼
허공에서 뒤엉킨 눈송이처럼

빈 가지 위에 앉히고 앉혀도 미끄러지는 말

매화는 벙글었을까?

점과 점 사이

남의 글을 읽는다
마침표를 찍기까지 망설였을 시간을 읽는다

행과 행 사이를 더듬는다
멈춘 뒤에 따라올 다른 말
질주 본능으로 피 흘렸던 일을 떠올린다

까맣게 지워진 이름이 떠오르는 순간이 있었다
자주 멈추어 생기를 불어넣어 주려 하지만
지워진 시간은 혼자서 너풀거린다

긴 호흡으로 중심을 잡아 본다
몇 번의 밤은 부스러기를 남긴 채 사라지고
다시 올 밤은 너무 급하게 온다

하루에도 몇 개의 점을 찍는다
점과 점이 이어져 하루가 되고
지지 않는 한 송이 꽃이 된다

점의 중력을 읽는 저녁이 깊다

숨은 말 찾기

중얼거리는 생각을 가슴에서 꺼낸다

손끝에서 까끌거리는 말을 적고 다시 지우고

모습을 감추는 알맹이, 딱따구리 부리가 탐난다

살고자 하는 이는 연장을 만든다

겨울 동안 쟁여 둔 이야기를 캐는 딱따구리

뾰족한 연필심으로 꼬리를 감춘 끝말을 세워 본다

청설모 발끝에서 봄빛이 나풀거린다

여름으로 향해 가는 연초록의 무리가 종이 위에 내려앉고

생각은 어느덧 남해의 청산도로 향한다

말의 그늘

침묵 속에서 말을 꺼낸다

천장을 타고 청소기 부서지는 소리가 들린다
늘어진 니트처럼 낮게 깔리는 신음 소리에 거실 등이 부
르르 떤다

민낯이 어둠을 뚫고 가슴을 찌른다
계단을 타고 내려오는 젖은 말

나는 언제 말을 꺼내 말린 적이 있었나

바람이 불었으면 좋겠다

줄은 보이지 않고

간절한 눈빛이 내려온다
이 줄을 잡는 자 올라갈 수 있다

호랑이 발톱에 쫓겨 오르는 오누이
남매를 안은 선녀 시간이 보인다

줄은 또 다른 줄을 만들며 무성해지는 중

줄은 보이지 않고
넝쿨을 사칭한 비가 내린다

흐릿한 가로등을 포박하는 빗소리가 밤새 창을 때린다

돌발하는 빨강

담장 밖 이야기를 훔치기 좋은 밤이다

지루한 오후를 읽던 구름은 떠나고
하늘은 검은 듯 푸르다

담장 넘어 골목을 기웃거리던 고양이 곁에 내려앉는 별

그믐밤은 깊어 가고 쥐똥나무의 향이 창문을 두드린다
담을 넘는 덩굴장미가 나무를 타고 오른다
나무의 끝까지 닿아 있다

가로수들이 술렁거리는 아침
나는 시의 손가락만 만지작거린다

초록이라는 몸살

겨울나무에게 초록은 깊은 슬픔이다

여름이라는 이름을 향해
떠나지 못한 잎의 쓸쓸함을 심기도 하고
쪽잠처럼 찾아온 햇살에 잠시 등을 맡겼다가
야윈 낮달을 올려다보기도 하는
지루하고도 긴 겨울을 견뎌야 한다

맨몸은 쓸쓸함의 또 다른 이름,
배운 적 없는 첫사랑 같은 것

초록을 향해 긴 터널을 건너는 겨울나무는
여전히 여름 감기를 앓는 중이다

갱년기

식탁 위에 놓인 구설수*는 식을 줄 모른다

일 년의 허리를 횡단하는 계절
코르셋을 입는 것처럼 어지럼증이 밀려온다
윤기를 잃어 가는 머리카락
불쑥불쑥 달아오르는 몸

여름과 여름이 만나는 한낮이 습하다

아침도 밤도 잊는 폭염
집중호우 소식이 들린다
동남아시아의 기후를 닮아 가는 한반도
다용도실에 쌓인 재활용 쓰레기
화요일마다 어딘가로 실려 가는 플라스틱 플라스틱

처음이라는 말이 지루하다

최고 온도 경신

\>

나는 여전히 여름이다

* 김소영 시인의 「모든 각도는 쓸모를 생각했습니다」 중에서.

허기를 먹고 사는 여자

그녀는 오늘도 허리를 조인다
대소변을 가릴 줄 알게 되면서 배고픔을 배운 그녀

잠결에 들리던 엄마의 한숨 소리,
무심한 듯 허공을 도는 아버지의 담배 연기
몸에 슬픔이 스몄다

주민등록증이 나오고 집 떠나
도시에 둥지를 틀었지만
허기는 쉽게 채워지지 않았다

하루라도 넘어가는 날이 없었다

돈의 행방을 찾겠다고 세상을 샅샅이 뒤졌지만
늘 빈손이었다

밭이 도심이 되고 산이 도로가 되는 동안
그녀는 나무들도 배고파 꽃을 피운다는 것을 알았다

>

하얀 이밥을 찾아 새들도 춘궁기를 견디고 있었다

막차를 몇 번 탔다

낯선 밤이었다

그늘의 냄새를 끌고 사람들은 차에 올랐다
나는 그늘보다 어두운 몸을 의자에 밀어 넣고
어둠을 복사한 유리창에 나를 적었다

키 작은 사랑은 이상에 닿지 못했다고
우리는 변질된 것이 아니라 변화된 것이라고

몇 개의 역을 거치면서
차는 점점 가벼워지고 종착역에 닿았을 때
하현달이 마른 얼굴을 닦아 주었다

카페 까메모네

고집스럽다

긴 턱, 입술 끝에 기르는 점 하나
외계어로 꽉 찬 윗도리

그는 어디쯤 가 있는지
다문 입 속에서 웅얼거리는 소리가 들린다

바람은 쉬이 불 것 같지 않고

시곗바늘 소리가 가득한 카페 안

한 번은 말을 걸어 줄 거야
혼자 중얼거린다

그 앞에 그가 앉는다

나는 이제 창밖이나 바라볼 수밖에

사랑

동 트지 않은 새벽
낯선 숲에 든다
아득하거나 아늑하다

이슬에 젖으며 앞으로 나간다
숲의 냄새가 온몸을 휘감고
소리 없이 길을 내주는 푸른 잎들 속에서
깊은 고요를 읽는다

오래 걸어 온 길에 마음을 두는 것은
막막하거나 목울대 떨리는 기록이겠지만

지금, 잠 깨어 뒤척이는
풀벌레 울음을 적어 두기에는 너무 먼 길이다

얼마나 더 걸어야 햇살 드는 아침이 당도할지
잠깐 돌아본다

선물이거나 이별이거나

이불을 몸에 돌돌 말고 누워
땅속에 묻히는 길을 짐작해 봅니다

울음이 쏟아질 듯하지만
울음을 가두는 습관이 지그시 어깨를 누릅니다

내일 만날 것처럼 인사를 나누고 싶습니다

과분한 욕심이라고 웃을지 모르겠지만
바람과 이야기 나누며 가고 싶습니다

산국을 초대하고 싶습니다

산국 향을 맡으며 하늘로 간다면
뒤돌아보아도 눈물 떨구지 않을 것 같습니다

이사

묘혈을 파듯 집 구석구석을 뒤진다

백 년이 지나간다
하얗던 면장갑이 검다

먼지 뒤에 숨겨진 시간을 꺼낸다

오래된 얼굴이 보인다
서둘러 하늘로 올라간 이름
산길에서 손을 잡아 끌어 주던 사람들

스치고 싶은 그들이 밀물처럼 다가온다

사라질 것들의 묵은 냄새

새집으로 이사를 한다

십 년을 함께 산 철쭉이 분홍을 끌고 온다
봄이 묻어 있다

해 설

결핍을 알아보는 밝은 눈
—천현숙 제3시집 『나무들도 배고파 꽃을 피운다』에 부쳐

양애경(시인, 전 한국영상대학교 교수)

1. 도시와 허기

천현숙 시인의 원고를 받은 날은 마침 이팝나무 꽃이 피기 시작한 5월이었다. 작품을 읽기 시작하는데, 그리 어려운 것도, 그리 특별한 것도 아닌 다음의 몇 구절이 가슴을 쿡 찔렀다.

팝콘 닮은 달콤한 벚꽃
아이스크림이 핀 목련 나무

보이는 모든 것이 밥인 사람들이 봄을 앓는다

폐기되는 음식은 수만 톤인데

한 끼도 먹지 못하는 사람은 수만 명

—「꽃이 슬픔이 되는 순간」 부분

만발한 벚꽃에서 하얀 팝콘이 툭툭 터지는 것을 연상한다
거나, 봉긋 솟아오르는 백목련에서 바닐라 아이스크림콘을
연상하는 사람은 많을 것이다. 그런데, 따라오는 다음 구절
이 색달랐다. "보이는 모든 것이 밥인 사람들"이다. 그러고
보면 팝콘도 아이스크림도 먹을거리였다. 향긋하고 달콤한
냄새가 나긴 하지만, 꽃을 '꽃'으로 보지 않고 '밥'으로 보는
사람이 있다면 그들은 허기진 사람일 것이 분명하다. 아카
시아꽃도, 찔레꽃도 배고픈 아이들에겐 귀한 주전부리였던
시절이 있었다. 아직 보리 수확도 멀었던 이 시기는, 과거
에 춘궁기라 불리던 배고픈 시절이었다. 이제, 우리나라에
서는 버려지는 음식물이 먹은 음식보다 더 많다고 한다. 그
렇지만 풍요가 모든 사람들에게 골고루 주어지는 것은 아니
다. 우리보다 못사는 나라는 물론이고, 우리 이웃에도 먹지
못하는 사람이 있을지 모른다. 그달 치 월세를 봉투에 넣어
남겨 놓고, 나란히 목숨을 끊은 모녀의 이야기가 사람들 가
슴을 아프게 했던 것이 바로 얼마 전 일이다. 절대적 빈곤보
다 상대적 빈곤이 더 마음을 병들게 하는 것을 우리는 안다.
천현숙 시인은 결핍을 알아보는 데 특별히 밝은 눈을 가
졌다. 이 시집의 표제가 된 시「허기를 먹고 사는 여자」에 그
러한 시인의 특성이 잘 나타나 있다.

그녀는 오늘도 허리를 조인다
대소변을 가릴 줄 알게 되면서 배고픔을 배운 그녀

잠결에 들리던 엄마의 한숨 소리,
무심한 듯 허공을 도는 아버지의 담배 연기
몸에 슬픔이 스몄다

주민등록증이 나오고 집 떠나
도시에 둥지를 틀었지만
허기는 쉽게 채워지지 않았다

하루라도 넘어가는 날이 없었다

돈의 행방을 찾겠다고 세상을 샅샅이 뒤졌지만
늘 빈손이었다

밭이 도심이 되고 산이 도로가 되는 동안
그녀는 나무들도 배고파 꽃을 피운다는 것을 알았다

하얀 이밥을 찾아 새들도 춘궁기를 견디고 있었다
—「허기를 먹고 사는 여자」전문

　어려운 집안에 태어나서 허리를 졸라매며 청소년기를 지
내 왔고, 성인이 되자마자 돈을 벌겠다고 도시로 간 여자가

이 시의 주인공이다. 그야말로 상전벽해桑田碧海, 밭이 도심지가 되고 산이 깎여 도로가 되는 세월 동안 도시에서 일했지만, 여자는 아직 자리를 잡지 못했다. 그녀는 "나무들도 배고파 꽃을 피운다"는 것을 깨닫는다. 매우 개성적인 시각이다. 식물이 꽃을 피우는 것은 번식과 관계된 일이라고 생각했는데, 배가 고파 꽃을 피우다니. 결핍에서 피어난 꽃, 이팝나무의 꽃이다.

'이팝나무'는 천현숙 시인이 이 시집에서 사용한 중심 상징이다. 전해 오는 이야기에 의하면, 식량이 부족했던 예전시대, 보릿고개에 굶어 죽은 이의 무덤가에 이팝나무를 심었다*고 한다. 하얀 쌀밥이 고봉으로 담긴 것처럼 소담하게 꽃이 피는 나무라 해서 이팝나무라 했고, 배곯아 죽은 넋을 위로하기 위해 무덤가에 심었다니, 봄마다 꽃으로 제삿밥을 지어 올렸다는 것이 아닌가. 결국 나무가 있는 힘을 다해 꽃을 피우는 것도, 사람이 성공하기 위해 안간힘을 쓰는 것도, 결핍에서 비롯된다고 시인은 말하고 싶은 것 같다.

없는 사람들의 사정에 대해 시인은 참 잘 아는 것 같다. 도시는 부자가 많은 곳이다. 휘황찬란하게 불 켜진 빌딩 숲을 보면, 그 안에 내 것도 있을 것만 같다. 그렇지만 도시에는 반지하방도, 노숙자가 웅크리고 있는 지하도도 있다. 시「노숙의 냄새가 밤처럼 깊다」는 생활이 한순간에 나락으로 갈 수도 있다는 불안감을 보여준다.

* 고규홍, 「고규홍의 큰 나무 이야기」, '배고파 죽은 넋 위로한 이팝나무', 《경향신문》, 2022. 5. 3.

어둠이 저녁을 삼키면
갈비뼈 속에 잠자던 두려움이 스멀거린다

막차가 끊어진 시간에 골판지로 벽을 세우고 몸을 누인다

오랜 노숙의 냄새로 집을 짓는 일이란
강소주로 얼굴을 가리는 일이다

눈빛을 공원 거미집에 걸어 두고
까치집을 기웃거린다

침묵이 도시에 깊게 스미면
세상에 없는 주소록을 몸에 적는다

매일 새로운 주소가 도시에 생긴다
　　　　　　　—「노숙의 냄새가 밤처럼 깊다」 전문

　집도 가족도 직업도 있던 사람이 하루아침에 길거리로 내쫓기게 된다. 낮에는 어찌어찌 공원 벤치나 상가 앞을 얼쩡거리며 보내지만, 밤이 되면 두렵다. 막차가 끊어지면 골판지 한 장으로 몸을 가리고 길바닥에 몸을 뉜다. 이른바 노숙인이 되었다. 부끄러움은 강소주로 가린다. 한 사람과 함께 또 한 가족이 집을 잃은 것이다. 천현숙 시인은 "매일 새로운 주소가 도시에 생긴다"고 역설로 말한다. 노숙의 주소

다. 최소한의 보호도 받지 못하는 사람들이 기하급수적으로 늘어나는 것이다. 담담한 몇 줄로 이렇게 가슴 아픈 이야기를 풀어놓다니, 시인의 관찰력과 필력이 대단하다.

이런 궁지에 몰리지 않기 위해 사람들은 어떤 희생을 감당하는가. 시 「극지」에서 시인은 다음과 같이 노래한다.

> 한 끼의 밥은 매 순간 강한 힘을 지닌다
>
> 사람을 비겁하게도 하고
> 벌레 한 마리 못 잡던 손으로 닭의 목을 비튼다
> 하루에도 몇 개의 돼지머리를 해체한다
>
> —「극지」 부분

그렇다. 생계를 위해 사람은 어떤 일까지 할 수 있는가. 밥은 힘이 세다. 양심을 던져 버리기도 하고, 벌레 한 마리 못 잡던 손으로 닭 모가지를 비틀기도 한다. 가족을 비참한 처지에 빠뜨리지 않을 수 있다면, 돼지머리쯤 얼마든지 해체할 수 있는 가장들이 많다.

그리고 이런 비장함은 젊은 사람들에게도 예외가 아니다.

> 멈출 줄 모르고 달리는, 무모하거나 무작정인 열정
> 밤새워 일하고도 발을 툭툭 구르는
> 젊은이들의 옷을 잡아당겨 물귀신처럼 삼키는
> 보령에서 평택에서 서울에서

끝없이 상행하며 벨트 위에 선홍빛 문신을 그리는

그러나, 하지만, 그리고, 그런데

컨베이어 벨트에서 시뻘건 피 냄새가 난다
　　　　　　　　　　　　—「2022 모던 타임즈」 부분

　찰리 채플린이 무성영화 《모던 타임즈》(1936)에서, 효율
과 능률을 종교처럼 신봉하는 공장화 시스템에 매여 쩔쩔매
는 노동자의 삶을 보여 준 후 80여 년이 흘렀다. 그렇지만,
아직도 나아진 것이 없다는 것이 시인이 「2022 모던 타임즈」
에서 전하고 싶은 메시지인 것 같다. 나아지기는커녕, 빈부
격차도 산업재해도 경제 규모가 커져 감에 따라 더 커졌다.
　이 작품을 보면 2022년 10월 대기업 계열사 제빵 공장에
서 소스 배합기에 몸이 끼여 숨진 20대 여성이 생각난다.
경제가 발전해도 산업 현장의 산재 사고는 줄어들지 않는
다. 사고 경험에서 배우는 게 있을 텐데 왜 달라지지 않는
걸까? 설비를 안전하게 바꾸는 비용보다 그때그때 목숨값
을 보상하는 비용이 훨씬 싸게 먹혀서 그렇다고 한다. 과연
이것이 발전일까. "컨베이어 벨트에서 시뻘건 피 냄새가 난
다"고 시인은 한탄한다.
　그렇다고 해도 시인은 희망을 버리지는 않는다. 살아남
은 사람들의 연대가 있기 때문이다.

안개를 지우며 첫차를 타는 사람들

도시가 토해 낸 밤을 싣고 떠나는 청소차

그들이 흘린 이야기를 들으면

푸른 근육이 돌고 다시 하루를 견뎌 낼 듯하다

어둠을 깨워 살아 있다는 것을 하늘에 알린다

새벽을 걷는 이들의 함성으로 지구는 돈다

—「새벽을 기록하다」 부분

우리의 사회 시스템이 안정적으로 돌아가는 것은, 이른
바 사회 지도층이라는 부유층이나 고위층 덕택이 아니다.
누가 알아주든 말든 자기 자리에서 맡은 일을 책임감 있게
해 내는 사람들 덕분이다. 시인은 도시의 새벽 일과가 시작
되는 모습을 보고 있다. 첫차를 운전하는 사람들과 그 첫
차를 타고 일터로 나가는 사람들, 어젯밤의 쓰레기를 치우
는 사람들, 가정마다 상점마다 음식을 준비하는 사람들, 환
자를 간병하고 영아를 씻기고, 노인을 돌보는 사람들…….
이 모든 험한 일을 마다하지 않고 씩씩하게 출발하는 가장
들 덕분에 사람들은 안정된 생활을 누린다. 시인이 말하
듯, "새벽을 걷는 이들의 함성으로 지구는 돈다"는 것을 우
리는 안다. 그래서 이 작품은 어두우면서도 씩씩하고 희망
적이다.

2. 쫓겨난 목숨들—생명과 환경

천현숙 시인은 이번 시집에 생명과 환경에 대한 메시지를 강하게 담았다. 무분별한 개발로 도시는 사막화되고, 야생 동식물의 서식지는 점점 줄어든다. 인간이라는 종種은 지구 위에서 매우 이기적으로 살아왔다.

「풍문이 삼킨 고라니」에서 시인은 봉서산 고라니를 걱정한다. 새벽이면 들려오던 고라니의 울음소리가 들리지 않는다. 고라니의 운명이 어찌 되었을까 걱정스럽다. 사람들은 산에서 산나물과 도토리를 알뜰하게 걷어 가서 산짐승들의 먹이를 빼앗는다. 그러면서도, 산비탈 밭에 심은 농작물을 고라니가 망쳤다고 불평한다. 민원 때문에 고라니를 유해 동물로 규정하고 개체수를 줄이는 정책을 쓰는 지자체가 많다. 그러잖아도 인간에게 서식지를 빼앗긴 산짐승들이다. 그 목숨 줄을 마지막까지 끊어 놓으려는 인간의 집요한 이기심이 시인은 두렵다.

또한, '고래'는 천현숙 시인이 애정을 가지고 즐겨 다루는 제재다. 고래는 바다에 사는 포유류로서 지능이 높고 사회성이 있으며 온순하여, 인간에게 친근한 동물이다. 그래서 고래 사냥은 다른 어류를 포획할 때보다 훨씬 안타깝게 여겨지곤 한다.

비릿한 아픔에 젖는 페로제도

수십 척의 배가 그리는 원 속에 갇힌 고래들의 비명

고래들 뭍으로 밀려오고
카메라의 외침은 엔진 소리에 묻혀 허공으로 흩어진다

길을 잃은 고래들 칼날에 쓰러지고
바다는 붉은 선지피를 받아 삼킨다

천혜의 절경이 날카로운 절규가 된 페로의 일상

구름 떼가 몰려온다 붉은 풀꽃이 빗속에 젖는다

해산하면서 목이 잘린 어미 고래 옆에서
아기 고래 지느러미가 맑게 흔들린다
　　　　　　　　—「페로의 바람은 고래처럼 운다」 전문

　덴마크 자치령 페로제도는 고래 사냥으로 유명한 곳이
다. 1년에 한 번 고래잡이 철에 길잡이 고래 1,000마리가
량이 포획된다. 바다가 온통 피로 붉게 물드는 처참한 살
육 장면 때문에 동물 보호 협회의 반발이 강하다 한다. 정
작 페로제도 사람들은 이 고래를 잡지 않으면 식량 문제가
발생한다고 하는데, 최근 들어 해양오염으로 이 고래들의
몸에 수은이 축적되었고, 그래서 식용에 문제가 생기고 있
다고도 한다. 결국 잡히는 고래들도 잡는 페로제도 사람들

도 소외계층 같다. "해산하면서 목이 잘린 어미 고래 옆에서/ 아기 고래 지느러미가 맑게 흔들린다"는 묘사가 너무 가슴 아프다.

시 「다이지의 일상」도 고래 사냥을 제재로 하고 있다. 다이지는 일본 남부 어촌으로, 돌고래 사냥으로 바다가 붉게 물든 참혹한 장면을 보여 준 다큐로 우리나라에도 많이 알려져 있다. 여기도 생명 존중과 생계를 위한 사냥이라는 양면이 충돌하는 현장이다.

인간이 동물을 남획하고 무분별한 개발로 자연을 파괴하여 동물의 서식지를 빼앗는 것도 문제이지만, 더 무서운 것은 환경오염이다. 천현숙 시인은 인간의 획기적인 발명품인 플라스틱의 위험성을 고발한다.

> 해녀들의 숨비소리에 맞춰 바다 위를 날던 고래
> 플라스틱이라는 독초를 먹고
> 생의 마지막 숨을 토해 내고 있다
>
> 세기의 영웅이었던 플라스틱이
> 이제는 바다의 생사를 쥐고 있다
>
> ─「참고래」 부분

두산백과에 의하면 플라스틱plastic은 1909년 베이클랜드에 의해 발명된 페놀포르말린 계열의 합성수지다. 가열 가압하면 어떤 모양으로도 성형이 가능한 이 물질은 곧 지구

상의 모든 용기와 기구에 사용되게 되었다. 무엇보다 값이 싸고 편리하기 때문에 우리는 이것을 입고, 덮고, 먹고, 함부로 버린다. 버린 것은 마지막에 바다로 가서 바다를 죽이고 있다. 이유를 알 수 없이 죽은 동물을 해부하자, 먹이인 줄 알고 삼킨 플라스틱이 원인이었다는 보도를 접하곤 한다.

문제는, 겨우 100년 사이에 이 물질이 지구를 점령해 버렸고, 해결책이 보이지 않는다는 것이다.

백 년 동안 그는 모습을 바꾸며
세상 구석구석을 먹어 치웠다

처음 세상을 만난 순간에도
마지막 떠나는 찰나에도
제 것 아닌 목숨을 움켜쥐고 있다는데

땅속에 파묻고 얼음 속에 가두고
이별과 삭제에 대한 연구와 학설이 분분했지만

바다에 수장하고 돌아온 밤에는
태풍을 앞세워 창문을 흔들고

돌아오고, 돌아오고.

죽어도 썩지 않는 불멸의 종족을 만들기 위해

인간을 숙주로 삼는

살아 있는 무생물이 무한 증식 중이다

                        —「베이클랜드는 죽었지만」전문

플라스틱의 문제는 쌓여만 가는 쓰레기에도 있지만, 더
큰 문제는 지구 환경과 동식물의 몸에 축적되어 앞으로 어
떤 부정적인 문제를 일으킬지 아무도 모른다는 데 있다. 위
시 「베이클랜드는 죽었지만」은 지구의 어두운 종말을 예언
하는 듯하다. 아마 베이클랜드 자신도 자기가 어떤 물질을
만들어 냈는가에 대해 소름끼쳐 하며 죽었을지도 모른다고
시인은 말하고 싶어 하는 것 같다.

사람들이 플라스틱의 문제점을 인식하고 조금이라도 덜
쓰려고 하는 움직임이 싹트는 순간, 코로나 19가 터졌다.
이 시기에 마스크, 방역 용품, 배달 음식, 택배 배송 등으
로 인해 일회용 물건들의 사용이 몇 배로 늘었지만 아무도
플라스틱의 위험성에 대한 논의를 계속하려 하지 않았다.
비상시국이라는 핑계에 더해, 당장 플라스틱을 대체할 것
이 없었기 때문이다. 이제 막 코로나 엔데믹을 맞았는데,
지구 환경이 팬데믹 전 상태로 돌아가려면 얼마나 시간이
걸릴지 모른다.

약자에 대한 폭력도 줄어들지 않는다. 시 「혼자 그리고
혼자」에서는 도로 위에서 죽은 새의 사체가 발견되는데, 머
리와 다리가 몸통에서 분리되어 있다. 누군가 재미로 새에

게 그런 짓을 저질렀다. 그리고 새, 길고양이, 떠돌이 개 같은 약한 동물에게 자행되는 폭력은 결국 만만해 보이는 인간에게도 자행된다. 학교 폭력을 테마로 한 《더 글로리》 같은 드라마가 뜨거운 인기를 누린 이유는, 그것이 허구만이 아니라는 것을 모두가 체험하고 있기 때문이 아닐까.

시 「도시에 사는 물고기」는 위기에 처한 아동을 주인공으로 하고 있다.

> 아이가 또 비늘을 팔뚝에 그린다
>
> 바다에 닿고 싶은 아이
>
> 세상은 자주 얼굴을 바꾸고
> 아이는 더 진한 비늘을 팔뚝에 그린다
>
> 윗집 아줌마 같은 엄마
> 아랫집 아저씨 닮은 아빠
> 단단한 감옥이 되어 버린 교실
>
> 붉은 비늘이 뚝뚝 떨어진다
>
> 아이는 동해로 가는 물길을 찾는다
>
> ─「도시에 사는 물고기」 전문

학교, 부모, 또래 친구에게서 고립된 아이가 한계 상황에 몰린다. 집에서도 교실에서도 마음 붙일 곳이 없는 아이는 어디로 가야 할까. 폭력의 가해자 쪽에 붙거나 피해자가 되는 것, 양자택일일까. 어느 곳에도 속하지 못하는 아이의 선택은 무엇일까. 시인은 자살을 암시하는 메시지를 담는다. 시인에게는 <u>동물:인간</u>의 구도가 아니라, <u>약자:강자</u>의 구도로 세상이 보인다. 그리고 약자 편에 서서 목소리를 내는 것이 천현숙 시인이 작품을 통해 하고자 하는 일이다.

천현숙 시인은 이번 시집에서 사회적 약자의 목소리를 대변하고, 소멸되어 가는 자연환경에 대한 경고의 목소리를 담았다. 도시의 노동자, 노숙인, 산재의 피해자, 이태원 압사 사고 같은 대형 사고의 피해자, 따돌림을 당한 청소년, 인간에게 살 곳을 잃은 고라니와 고래 등이 시인의 결핍을 보는 밝은 눈에 포착된다. 스러져 가는 약자의 목소리에 귀 기울이자고 시인은 말하고 있다.

3. 우리를 살게 하는 힘

앞에서 천현숙 시인이 발견한 대로, 지구는 사막화되어 가고 동식물은 살 자리를 잃고 있으며, 약자는 강자에게 짓밟히고, 강자도 언제 약자가 될지 모른다. 그렇다면 우리는 어디에서 살 힘을 얻어야 할 것인가. 시인은 가족에게서 살 힘을 얻는다.

파인애플을 잡는 저녁이다

날이 선 부엌칼을 쥔 아버지의 핏줄이 시퍼렇다

머리를 단칼에 쳐 낸다

향긋한 피 냄새, 저 달큰한 피라니

갑옷 속에 쟁여 둔 먼 기억을 벗긴다

나라 잃고 파인애플 농장에 팔려 간
수십 톤의 땀을 쏟던 시간
태양은 왜 그리 뜨겁던지, 따갑던지
젊음은 순식간에 늙기도 한다

자식들의 입 속으로 들어가는 아버지의 시간
향기로운 살점을 받아먹는 자식이라는 이름의 입

하나, 둘, 셋
                    —「파인애플을 먹는 방법」 전문

　여기서 아버지는 자식들에게 줄 파인애플을 자르고 있지
만, 왠지 비장한 분위기이다. 앞서 소개한 시 「극지」에서 닭
목을 비틀고 돼지머리를 해체하던 가장의 모습이 겹쳐 오기
때문이다. 그리고 미국 오지의 파인애플 농장에 팔려 갔던

우리나라 이민 1세대 아버지의 모습이 다시 겹친다. 결국 아버지는 자신의 삶을 온통 바쳐서 자식을 살린다. 그래서 아이들의 입에 들어가는 것은, 결국은 가장인 아버지의 살점인 셈이라고 시인은 말한다.

아버지가 험한 세상에 나가 가족의 생계비를 벌어 오면, 어머니는 그 적은 수입으로 요술을 부리듯 음식을 만들어 가족의 허기를 채워 준다.

　　비가 쏟아진다. 물이 끓는다. 여름비가 올라온다

　　엄마는 겉도는 가족들을 뭉치고 치대 숙성시킨다

　　칼날 아래 가지런히 놓이는 국수 가락

　　앉은 자리마다 뜨거운 칼국수 한 그릇

　　식구들 국수 가락에 빗소리 휘감기고

　　김이 채 식기도 전에 비우는 국수 그릇 곁에서

　　국수 국물보다 뜨거운 김을 나누는 식솔들

　　굽었던 다리를 길게 뻗는다
　　　　　　　　　　　—「여름비는 칼국수를 닮았다」 전문

국수는 가성비가 좋은 음식이다. 싸고, 푸짐해서 여럿의 배를 불리기 좋다. 특히 여름 비 오는 낮의 칼국수는 제격이다. 이 시의 우수성은 다양한 감각에 있다. 비가 오는 소리와 국수물이 끓는 소리의 청각이 만나고, 무더위가 절정에 달한 여름과 뜨거운 국수 솥의 증기가 촉각으로 만나고, 가족이 순식간에 비우는 칼국수의 맛이 미각으로 만난다. 그리고 배가 불러진 후에야 앉은뱅이 식탁 밑으로 길게 뻗는 가족의 다리는 포만감과 평안을 의미한다. 시인이 생각하는 가족은 이렇게 생명의 양식을 함께 나누는 사람들이다.

때로 가족이 아닌 사람과 관계를 맺게 되기도 한다. 사람과 사람이 가까워지려면 꽤 긴 과정과 시간이 필요하다. 시 「사람을 만지다」에서 화자는 "기다리는 일은 하루를 울렁이게 하고/ 가슴에 허공을 들이는 일"이라고 말한다. 이러한 설레고 때로 안타까운 기다림이 필요한 이유는 사람들이, '다가올 듯 사라지고 사라졌다 다시 오는' 속성을 가지고 있기 때문이다.

천현숙 시인은 사람과의 관계에서 매우 신중한 듯하다. 시 「간장게장」에서 시인은, "꽃게가 검은 간장 속에서 속살이 삭아 가듯/ 한 사람이 한 사람의 인연이 되려면 자신의 속살을 보여 주어야 한다"고 말한다. 맞는 말이다. 자신의 아픈 속살을 내놓아야만 상대방도 속살을 보여 줄 테고, 그 과정에서 진정한 마음의 교류가 가능해질 것이다.

익숙해진다는 것은 좋은 일이다. 사람도, 골목도, 친숙해지면 정다워진다.

집을 나온 개도
안전화를 신은 사람도
헐겁게 지나다닐 수 있는 골목

지나가던 바람도 담장 위를 잠시 걷는다
낯선 길도 몇 번 오가면 만만해진다

남편이라는 골목을 길게 눕힌다

마른 풀내음이 졸립다
　　　　　　　　　　　　　　　ー「걷는 사람」 부분

　천현숙 시인의 이번 시집의 시들은 불안하고 긴장된 분위
기를 가진 것들이 많은데, 이 시「걷는 사람」은 편안한 분위
기를 가지고 있다. "남편이라는 골목을 길게 눕힌다"는 말
에서 미소가 떠오른다. 만만하면서도 듬직한 느낌이 들어
서다. 사실, 편안하려면 서로 좀 만만해야 한다. 마치 우리
가 늘 지나다니는 낯익은 골목처럼.

4. 우리가 잃은 것, 우리를 지탱해 주는 것

　사람은 무엇을 잃었을 때 가장 큰 상실감을 느낄까. 돈도
지위도 연인도 그렇겠지만, 부모를 잃는 것이 가장 큰 상실

인 것 같다. 사회에 나가 호되게 두들겨 맞아도, 내 뒤에 나를 사랑하는 사람이 버티고 있다는 믿음이 있다면 참을 만하다. 대부분의 경우, 그 사람은 부모님이다. 그러니, 부모님을 잃으면 하늘이 무너지고 땅이 꺼지는 것 같다는 말이 과장이 아니라는 것을, 경험해 본 후에야 알게 된다.

곡기를 끊은 마른 입

억지인 줄 알면서 미음 한 잎 담아 올린다

위를 잘라 내겠다는 그의 말 싹뚝 잘라 내고
집으로 데려와 적선하듯 미음이라니

구름은 흘러가고 감나무의 감은 주홍빛인데
몸 하나 제 뜻대로 못 하는 그

"아래 논 찹쌀 벼는 풍년인 것 같은데
내년 복날 삼계탕은 맛있을 것 같은데"

예당저수지 물빛은 여전히 푸른데

미음을 밀어내는 질긴 목숨

아버지를 사랑했다

―「거짓말」 전문

시를 통해 사연을 짚어 보았다. 시인의 아버지가 위암이신가 보다. 아버지는 위를 잘라 내는 수술을 받겠다고 하셨지만, 딸은 의사의 판정을 통해 이미 너무 늦었다는 것을 알고 있다. 수술하면 고생만 더 하실 것이다. 딸은 아버지를 퇴원시켜 집으로 모시고 와서 미음을 끓여 드린다. 미음도 제대로 못 넘기시는 아버지가 원하는 것은, 무려 '내년 복날의 삼계탕'이다. 그만큼 생에 미련을 못 버리시는 아버지의 치료를 포기하고 온 딸의 마음은 찢어진다.

그런데, 뭐가 거짓말이기에 이 시의 제목이 '거짓말'이 되었을까? 딸이 아버지께, '삼계탕, 내년에 드시면 되지요, 뭐'라고 대꾸했을까? 마치 아버지에게 내년이 있을 것처럼 말이다. 딸은 일부러 태연하고 냉정한 척하지만, 마지막 행, "아버지를 사랑했다"는 독백이 아프게 다가온다.

아버지 돌아가시고 장례 마치고 온 며칠 후, 어머니가 쓰러지셨다. 사이좋은 부부는 한 사람이 세상 떠나면 뒤따라간다는 말이 맞는가 보다. 시 「봉서封書」를 보면, 부모를 거의 동시에 잃고 망연자실한 자식들의 마음이 느껴진다. 죽음은 이별이고, 단절이다. 돌아가신 분을 산에 두고 봉분을 마무리하고 돌아오는 길엔, 마치 추운 곳에 버리고 오는 것 같은 죄책감이 따라온다. 사랑하는 어머니께 전화 한 통, 소식 한 장 전하지 못하게 되었다는 것이, 믿어지지 않는 막막함이 이 시에서 잘 느껴진다.

돌아가신 어머니를 추억하며 쓴 시 「붉은 팥」은 감각적으로 매우 탁월하다.

팥을 꺼낸다

좀생이별이 되신 엄마의 시간을 씻는다

고추밭 가장자리에서 담장 밑에서
그럴듯한 자리 없어도 단단하게 영글은 마음

물 위에 떠오른 슬픔을 걷어 내고 추억을 삶는다

더 이상 맡을 수 없었던
엄마의 냄새가 집 안 구석구석에 스민다

　　　　　　　　　　　　　—「붉은 팥」 전문

　시인이 기억하는 엄마는 팥과 같다. 자기주장을 하신 적
이 별로 없다. 팥은 고추밭 가장자리나 담장 밑 같은 구석
진 곳에 심겨져 자랐다. 그런데도 단단하게 영글어 고소한
맛을 낸다. 팥은 오래 삶아야 부드러워진다. 그 한 줌의 팥
을 삶는 동안, 순하고 부드러운 팥 냄새가 집 안 구석구석
에 스민다. 그리운 엄마의 냄새다. 허기를 채워 주는 느긋
한 체취다.

　그렇지만, 아무리 사랑해도 우리는 세상을 떠난 분들을 어
떤 의미에서는 정리해야만 한다. 그리고 그분들 없이 살아
가는 일을 다시 시작해야 한다. 이 시집의 마지막 시가 「이
사」가 된 것도 시인의 마음의 정리라는 뜻이 있는 게 아닐까.

묘혈을 파듯 집 구석구석을 뒤진다

백 년이 지나간다
하얗던 면장갑이 검다

먼지 뒤에 숨겨진 시간을 꺼낸다

오래된 얼굴이 보인다
서둘러 하늘로 올라간 이름
산길에서 손을 잡아 끌어 주던 사람들

스치고 싶은 그들이 밀물처럼 다가온다

사라질 것들의 묵은 냄새

새집으로 이사를 한다

십 년을 함께 산 철쭉이 분홍을 끌고 온다
봄이 묻어 있다
                                    ―「이사」 전문

　이사를 앞두고 짐 정리를 한다. 아마도 세상 떠나신 부모
님이 사시던 집 같다. 아버지, 어머니 쓰시던 물건에다가,
조부모님의 물건도 섞여 있으리라. 하얗던 면장갑이 까매

지도록 먼지 쌓인 물건들을 끄집어낸다. 백 년의 세월이 묻어 있는 냄새가 난다. 대부분은 버려진다. 그리고 새집으로 이사를 한다. 오래 기른 철쭉나무는 파서 옮겨 왔다. 이사한 집에서 철쭉이 다시 봉오리를 맺는 것이 위안이 된다. 이제, 봄인 것이다.

그리운 사람들을 마음에 묻고 시인은 다시 살기 시작하려는 것 같다. 시인이 잠언처럼 간직하고 살아가는 아버님의 말씀처럼 말이다.

"살아가면서 한번은 멋지게 필 날이 있다"

—「쇠뜨기, 되찾은 행복」 부분

소외된 사람들, 어려움에 처한 여린 목숨들을 응원하는 시를 쓰는 천현숙 시인이 이번 시집 『나무들도 배고파 꽃을 피운다』를 통해 멋지게 피어나기를 기원하며 글을 맺는다.